TULSA CITY-COUNTY LIBRARY

T5-CCT-733

Brigitte LUCIANI y Eve THARLET

Tentempié, Mapache y Pelusa

2. UNA VISITA INESPERADA

MOLINO

Agradezco a Briac y a Jean-Marie B. la inspiración. E.T.

Título original: *Monsieur Blaireau et Madame Renarde. 2/Remue-ménage*
www.dargaud.com

© Dargaud 2007, by Tharlet & Luciani
© de la traducción, Anna Duesa, 2007

© de esta edición, RBA Libros, S.A., 2007
Santa Perpètua, 12-14. 08012 Barcelona
Teléfono: 93 217 00 88
www.rbalibros.com / rba-libros@rba.es

Primera edición: junio 2007

Realización editorial: Bonalletra Alcompas, S.L.
Diagramación: Editor Service, S.L.

Los derechos de traducción y reproducción están reservados en todos los países.
Queda prohibida cualquier reproducción, completa o parcial, de esta obra.
Cualquier copia o reproducción mediante el procedimiento que sea constituye
un delito sujeto a penas previstas por la ley de la Propiedad Intelectual.

Referencia: MOPL020
ISBN: 978-84-7871-945-7

¡No dices más que tonterías, bocazas!

Y tú... tú no entiendes nada... ¡Tienes el cerebro más pequeño que un mosquito!

Vamos Pelusa... ¡Más fuerte!

¡Alfombra piojosa!

¡Mosca asquerosa!

¡Felpudo a rayas!

¡Proyecto de tejón!

Humm. Humm...

¿Se puede saber qué está pasando?

No os preocupéis, por favor...

¡No pasa nada!

Sólo me están enseñando a pelear

¿Y crees que necesitas aprender?

¡Claro! Tentempié y Mapache son expertos. Lo hacen desde pequeños.

Antes sólo podía hacerlo con mis amigos. Y es mucho mejor pelearse con los hermanos que con los amigos. Es normal...

¡Pelusa ha empezado un poco tarde!

Pero para ser hija única, no lo hace nada mal.

Y aprende rápido. Creo que tiene buenas cualidades para la pelea.

¡Ah! ¡Me quedo más tranquila!

Bien, pues seguid practicando.

¡Pero no olvidéis que todavía tenéis que ordenar la habitación!

Desde luego, estos niños no se aburren juntos. ¡Mejor así!

¡Uf! Menos mal que sólo estábamos en el primer nivel de entrenamiento.

¡Es cierto! Papá odia que nos peleemos.

¡A veces es demasiado estricto!

Tú con tu madre no estás acostumbrada, pero, ya verás...

No me gustaría que nos volvieran a pillar. Será mejor que vayamos a la cabaña.

¡Vale! Pero la tendremos que arreglar un poco, ¿no?

¿Qué os parece si ponemos un sillón?

Yo había pensado instalar allí mi estudio de pintura.

¡Y una despensa de nueces!

No va a ser fácil.

¿Por qué no?

Creo que tenemos un problema...

¡Es muy pequeño!

¿Qué dices? Abre bien los ojos, ¡hay mucho espacio...

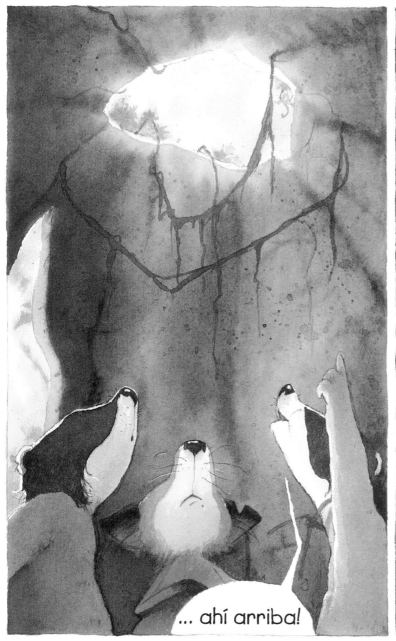

... ahí arriba!

Pero Mapache, ¡nosotros no somos pájaros!

No hace falta que volemos para subir hasta allí.

Sólo necesitamos unas cuantas cuerdas y algunas redes.

¡Perdón!

¡Llegaron los turistas!

¿Qué horas son éstas de llegar a casa?

No nos dimos cuenta de la hora.

Además había un perro.

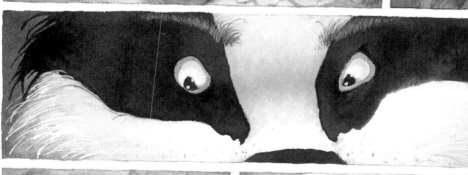

¡Pelusa! Todos estábamos fuera y el único perro que ha pasado era un yorkshire en brazos de su dueña.

Sí, ya... pero como siempre nos decís que vayamos con cuidado con los perros...

¡Se acabó! Como no sabéis llegar a la hora, os quedaréis castigados en casa después de comer.

Pero, ¡tenemos que hacer una cosa muy importante!

Claro, Pelusa. Y esa cosa se llama: «¡ordenar vuestra habitación!»

¿Qué te pasa, Pelusa?

¿Por qué no ordenas tus cosas?

Nunca me habías obligado a hacerlo, mamá... ¡Y todo iba muy bien! ¿Por qué tengo que hacerlo ahora?

Antes sólo estábamos tú y yo.

Ahora somos seis, y esto sería una leonera si todos hiciéramos como tú.

Además, ya te lo había dicho... Mañana es día de **limpieza general** y antes hay que ordenar la madriguera. ¡Y no se hable más!

¡Los juguetes están guardados!

¡Muy bien Guinda! ¡Lo haces muy bien!

¡Antes no hacíamos nunca **limpieza general**!

¡Eh, pssssst!

¿Pero qué estás haciendo?

¿No lo ves? Despierto a tu hermano.

¿A ti no hay nada que te dé miedo?

¿Por qué? ¿Acaso es peligroso?

Es muy peligroso. ¡Nunca se debe despertar a un tejón cuando duerme!

¡Ah... lo siento!

Pero ya que estáis despiertos, podríamos aprovecharlo, ¿no os parece?

¡Vamos a la cabaña! Tenemos que acabar lo que estábamos haciendo.

¡No me apetece, ahora!

¡Venga Tentempié! Es una buena idea: un paseo nocturno... ¡Un poco de aventura!

Sí, ¡muy emocionante! Sobre todo si nos pilla papá...

Si nos descubre le podéis decir que ha sido idea mía. Total, siempre es tan malo conmigo que esto no cambiará nada.

¿Por qué dices eso? ¿Se ha portado mal contigo?

No para de gritarme.

Tú confundes ser malo con ser severo.

En serio, ¡estoy segura de que no le caigo bien!

¿Qué te pasa?

¿No habéis oído eso?

¡Sólo es un búho! No nos hará nada, somos demasiado grandes para él.

Hay otro ruido.

¡Ahora sí que lo oigo!

¡Y pensar que podría estar calentito en mi cama!

Será mejor que demos media vuelta. No quiero que Guinda se asuste.

¡Pero cómo sois! Parece que no hayáis salido nunca por la noche.

De acuerdo, ¡volvamos!

¡No tan deprisa, niños!

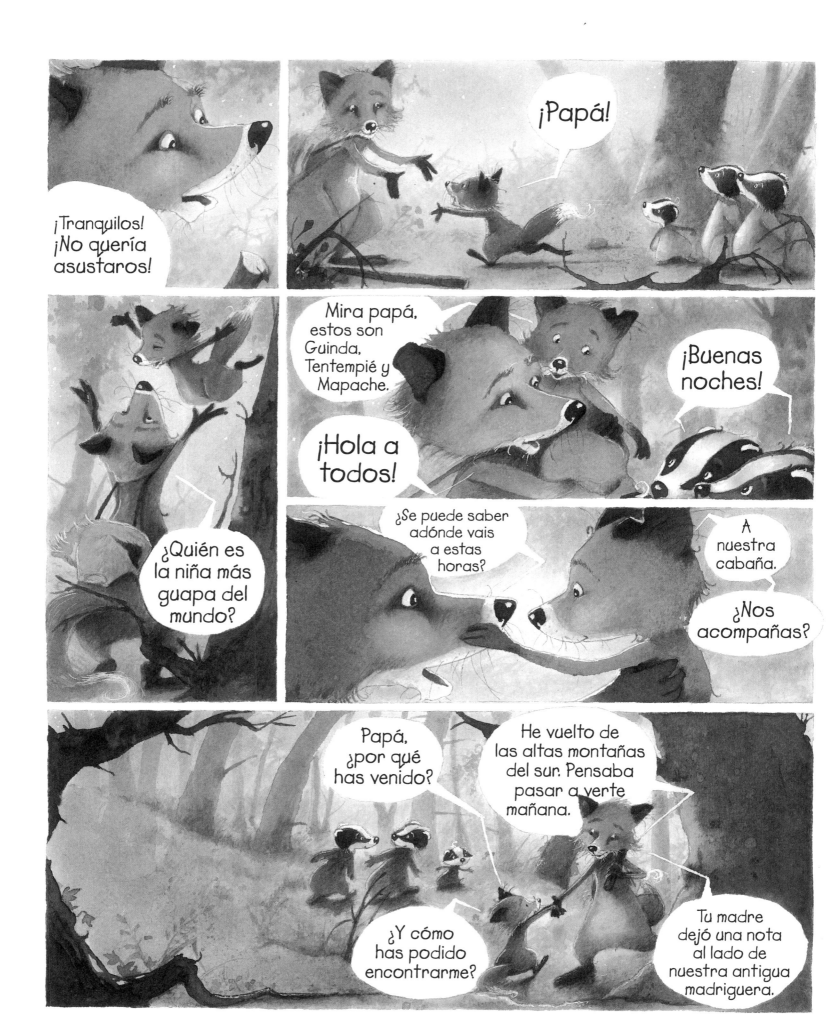

¡Mirad!
¡Ha venido
alguien!

Ya os lo dije...
¡Por lo menos
deberíamos haber
tapado la entrada!
¿Qué hacemos
ahora?

¡Ni hablar!
¡No nos vamos
a dejar burlar
por unos
simples gatos!

¡Eh,
vosotros!
¿Qué estáis
haciendo
aquí?

¡¿Y a ti qué
te importa?!

¡Esta
cabaña es
nuestra!

¿Estás de
broma?
Y por qué,
si puede
saberse.

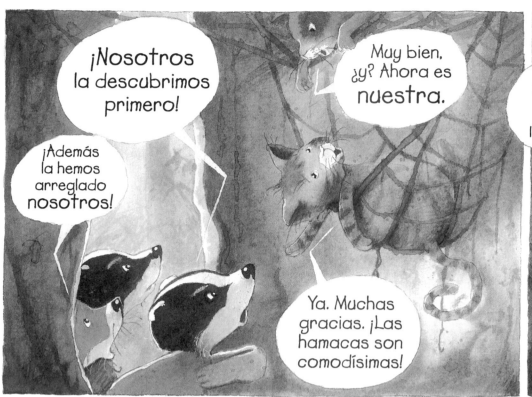

¡Qué lástima! ¡Se ha hecho muy tarde!

Sí, ¡tenemos que volver al pueblo!

¡Nos vemos mañana...!

¡Menos mal que estabas aquí, papá! Pero, y si vuelven, ¿qué hacemos?

No son más que dos inofensivos gatos de pueblo. Si estáis los tres juntos no os harán nada.

Bueno, ahora os enseñaré a tapar bien la entrada de vuestra súper cabaña.

Si no, vais a tener más sorpresas como ésta.

Y luego os acompaño a casa.

Se hace raro... ¡todo un día sin Pelusa!

¡Típico de ella! Nosotros aquí trabajando, mientras ella se divierte con su padre.

Es muy simpático su padre, ¿no te parece? Cuando ha venido a buscar a Pelusa no ha dicho ni una palabra de la aventura de ayer.

¡Sssht!

Y con ésta terminamos. ¿Estáis bien?

Sí...

Nos estábamos preguntando... ¿Dónde vive el padre de Pelusa?

Vive en todas partes y en ningún sitio. Siempre va en busca de territorios nuevos. En fin... que no vive en ningún lugar concreto.

Tal vez se separaron por eso.

Puede ser... De todas formas no debe ser fácil para Pelusa.

No, aunque ella me dijo que también tenía su lado bueno.

Ahora sus padres ya no se pelean.

Además, si no está de viaje...

... su padre viene a buscarla una vez a la semana y pasa todo el día con ella.

De repente, ahora hacen más cosas juntos que antes.

¡Perdón!

Splatch

¡Eh!

¡Yo también quiero hacer cosas juntos!

¡¿Qué tal una guerra de agua?!

¡Adiós pequeña! ¡Vendré a verte pronto!

¡Vale! Y te enseñaré los nuevos cuadros que he pintado.

¡Cuídate! ¡Y pórtate bien, preciosa!

¡No te olvides de mí!

Cuidado cariño, puedes caerte...

¡Para mamá!

¡Gracias mi amor!

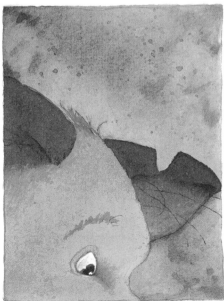

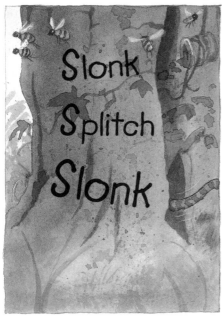

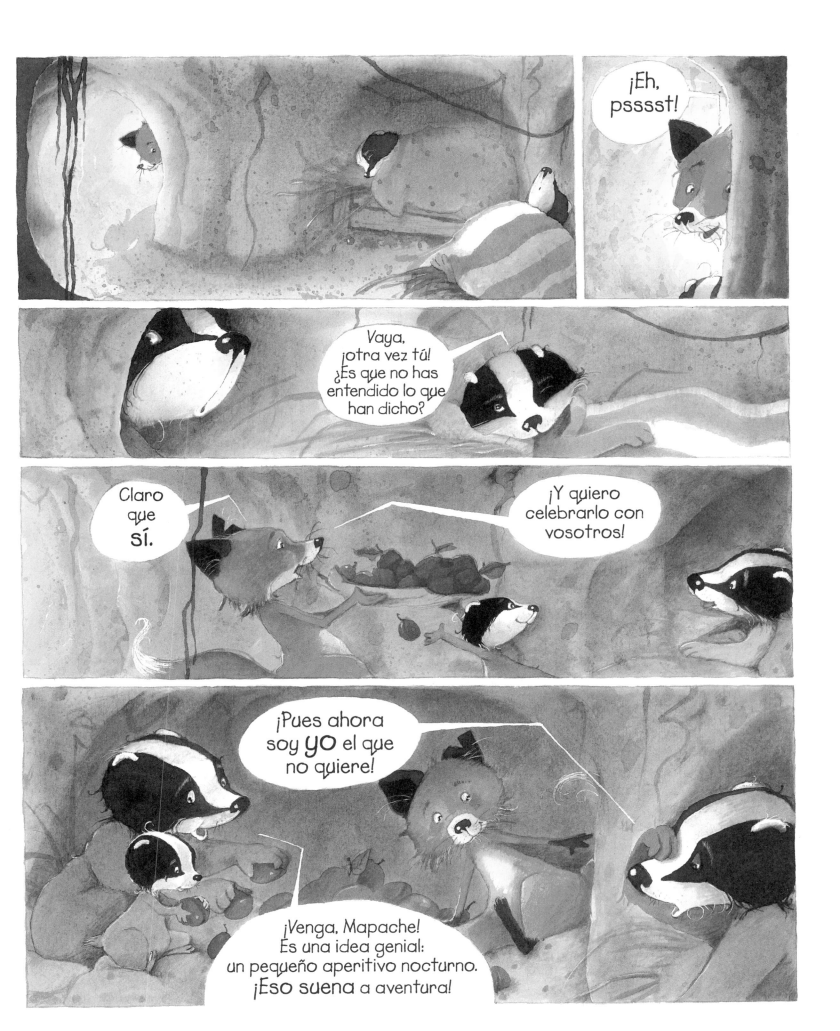

31

32